백민주 선생님은 _

《시와 소금》 동시부문 신인상을 수상하며 등단하였어요.
이후 2016 글벗문학상, 한국안데르센문학상, 2021 DMZ문학상을 수상하였어요.
그리고 2016 『달 도둑놈』, 2017 『첫눈에 대한 보고서』, 2018 『보름달 편지』, 2020
『할머니가 바늘을 꺼내 들었다』를 발간하였어요.
현재는 석적고등학교에서 국어를 가르치며 행복한 하루하루를 보내고 있어요.
그러다가 또 친구들이 그리우면 방과후 도서관 동시 쓰기 강사로도 친구들을 찾아간답니다.

홍은주 선생님은 _

걷기를 좋아하고, 걷다 보면 만나게 되는 작은 새, 꽃과 나무, 하늘과 강을 사진으로 담아두기 좋아해요.
그 사진에 아름다운 글귀를 기록해 간직하는 일이 가장 행복한 일이지요.
자연과 아이들과 역사가 좋아서 지금껏 교단에서 친구들을 만나왔네요.
현재는 형곡중학교 교감으로 근무하며 즐겁고 행복하기 위해, 매일 아침
신발 끈을 고쳐 매고 37년 째 '같이의 가치'를 고민하면서 생활하고 있답니다.

머리말

시(詩)란 무엇일까요?

한 초등학교 도서관에서 '동심으로 동시 쓰기'를 주제로

특강을 시작하기에 앞서 질문을 해봤지요.

여름 방학 중인데다 햇살 따가운 어느 오후,

시골 초등학교 운동장을 더운 줄도 모르고 타박타박 걸어온

친구들이라 모두들 시를 좋아하는 친구들이었는지

그 대답이 무척 든든하고 똑똑해 보였어요.

– 운율이 있는 문학요.

– 마음이 슬플 때 읽으면 기분이 좋아져요.

– 나라를 뺏겼을 때도 시를 썼어요.

초등학생 친구들이 시를 보는 눈이 이 정도였다니 놀라면서도 내심

모범 답안 같은 답이 아닌 솔직한 답을 기대하고 있을 때 장난기

가득한 얼굴의 한 친구가 답합니다.

– 시는 너무 시시해요.

아, 이 아이는 벌써 시 한 편을 썼구나!

운율이 있고 언어유희가 있고, 더구나 저 짧은 한 마디로

한여름 낮 도서관에 온 많은 친구들을 이렇게 웃겨버리다니...

그날의 시 쓰기 특강은 그 아이 덕분에 즐겁고도 행복했던

기억으로 남아 있습니다.

우리는 그날 정말 시시한 시를 쓰고, 읽고, 웃었지요.

그렇습니다. 시는 시시한 거니까

어렵게 생각하지 말기

시 잘 쓰는 사람은 따로 있다고 생각하지 말기

내가 보았거나 들었거나 생각한 것 중에서

재미있거나 아름답거나 감동스러운 이야기를 찾아서

그냥

쓰기

지금부터 시시한 시 쓰기 시~~~~~작!

1부 표현하기

글쓴이의 생각과 감정을 보다 효과적으로 나타내기 위한 표현의 방법은 크게 세 가지로 말할 수 있습니다.

1. 비유하기 : 대상을 그것과 비슷한 사물에 빗대어 표현하는 방법
2. 강조하기 : 문장에 힘을 주어 강조함으로써 짙은 인상을 주는 방법
3. 변화주기 : 단조로움과 지루함을 피하기 위해 적절히 변화를 주는 방법

1. 비유하기

비유란 말하고자 하는 사물이나 의미를 다른 사물에 빗대어서 표현하는 방법
인데, 표현하고자 하는 것과 비유하는 사물 사이에 닮은 점이 있어야 해요.

(1) 직유법(直喩法): '～같이', '～처럼', '～양,' '～듯' 등의 연결어를 사용하
여 직접적으로 연결시킨 표현이지요.

> 형님께 / 주걱으로 얻어맞고 // 쌀자루 대신 / 눈물 한 자루 얻어
> 열 아이가 기다리는 / 오두막으로 돌아가는 길
> 하늘의 별들이 / 쌀알 부스러기처럼 / 많기도 하구나.
> 이 눈물 쏟아붓고 / 저 쌀알들 / 자루에 가득 / 담아갔으면
> 　　　　　　　　　　　　　　　　　　　－「흥부네 쌀 자루」
>
> 파란 하늘 / 바다 같다. / 헤엄쳐 가고 싶다.
> 수만 개의 오리발 / 노란 오리발 / 부지런히 움직여본다.
> 　　　　　　　　　　　　　　　　　　　－「은행나무의 소망」

　　흥부가 쌀을 얻으러 놀부 형님께 갔다가 뺨만 얻어맞고서, 눈물 한 자
루 짊어지고 돌아오는 길. 밤하늘의 별들이 쌀알처럼 보일 수 있었을까
요? 직유법은 단순하지만, 독특한 생각을 담아 비유하는 방법이에요.
　　파란 하늘이 바다 같다는 생각은 누구나 한 번쯤 해 본 생각이지요. 이
런 흔한 생각은 좋은 비유는 아니에요. 그렇지만 하늘에 나부끼는 은행
잎이 수만 개의 오리발 같아서 바다로 헤엄쳐간다고 연결해보면 재미
없는 비유도 좋은 표현이 되지요?

직유법을 사용하여 짧은 글을 지어 보세요.

(2) 은유법(隱喻法): '~은 ~이다.' 와 같이 대상을 간접적으로 연결시키는 방법이에요.

> 서리내린 / 겨울아침
>
> 감나무 꼭대기에 꽁꽁 언 호롱불 하나
>
> 지나던 까마귀 부딪힐라 천천히 가라는 주홍빛 신호등
>
> ―「감 하나」

감나무 꼭대기에 까치밥으로 남겨놓은 주홍빛 감 하나 본적 있지요?

감 하나를 환하게 불 켜놓은 호롱불로 비유했는데 하늘 위에 켜진 호롱불은 신호등으로 또 한 번의 비유를 했네요.

'~같이', '~처럼' 등의 연결어가 없이 바로 감하나 → 호롱불 → 신호등 이렇게 비유하는 방법을 은유법이라고 해요.

은유법을 사용하여 짧은 글을 지어 보세요.

(3) 의인법(擬人法): 사람이 아닌 무생물이나 동식물에 인격적 요소를 부여하여 사람의 신체, 행위, 의지, 감정 등을 나타내도록 하는 방법이에요.

손 한 번 잡는데 / 100년이 걸렸단다.
죽기 전에는 / 저 손 놓을 수 없단다.

– 「연리지」

뿌리가 서로 다른 두 그루의 나무가 서로 붙어 한 몸이 된 것을 연리지라고 해요. 연리지는 줄기가 한 번 붙으면 절대로 떨어지지 않아요. 그래서 연리지를 변하지 않는 사랑에 빗대어 '사랑나무'라고 한답니다. 나뭇가지가 서로 붙는 것을 사람인 것처럼 손을 잡는다고 표현했지요?

의인법을 사용하여 짧은 글을 지어 보세요.

(4) 음성상징어: 의성법은 어떤 대상을 실감나게 표현하기 위하여 대상이
나 사물의 소리를 흉내 내어 나타내는 방법이고, 의태법은 대상이나 사
물의 형태나 동작을 흉내 내어 나타내는 방법이에요. 두 가지를 합해서
음성상징어라고 해요.

> 엄마. / 나는 가지 반찬이 싫어. / 글쎄 너무 멩굴멩굴[1] 해서 싫다니까.
> 그게 도대체 / 어떤 맛이냐고?
> 갈쯤갈쯤[2] 가지를 / 송당송당[3] 썰어서 / 자작자작[4] 볶으면
> 날캉날캉[5] 해지는 건 엄마도 알지?
> 이때 / 젓가락으로 집어보면 / 너무 느지럭느지럭[6] 하잖아.
> 입속에 넣어보면 / 녹실녹실[7] 하고 / 늘큰늘큰[8] 한 / 그 느낌이
> 너무 멩굴멩굴 하다니까?
>
> ― 「멩굴멩굴 가지」

어때요? 가지 반찬을 입에 넣었을 때 물컹한 그 느낌이 느껴지지 않나
요? '물컹해서 싫어요' 하는 것보다 이렇게 다양한 흉내 내는 말을 사
용해서 표현해보니 시가 훨씬 생동감이 있지요?

1) 필자가 만든 신조어. 입안의 음식이 미끌미끌하고 물컹물컹한 느낌   2) 낱낱이 매우 갸름한 모양
3) 연한 물건을 잘고 빠르게 써는 모양   4) 물이 밑바닥에 점점 잦아 붙는 모양
5) 너무 물러서 저절로 늘어진 모양   6) 겉은 물크러지고 속은 조금 굳은 모양
7) 썩 무르게 녹신녹신한 모양   8) 물러서 늘어진 모양

음성상징어를 사용하여 짧은 글을 지어 보세요.

(5) 중의법(重義法): 하나의 말로 두 가지 이상의 의미를 나타내는 방법이 에요.

> 서울에서 귀농한 / 재석이 삼촌 /
>
> 벌꿀 농사 해보려고 / 벌통 가득 준비해 놓고
>
> 벌 받기만 / 기다린단다. / 벌 주시면 / 달게 받겠단다.
>
> 재석이 삼촌 / 꼭 / 벌 받았으면 좋겠다.
>
> — 「꼭 벌 받았으면」

벌 받고 싶은 친구들 있나요? 여기 벌 받고 싶은 재석이 삼촌이 있네요. 아니요. 오해하지 말아요. 재석이 삼촌이 받고 싶은 벌은 꿀벌이래요. 벌통을 준비해 놓고 그 통에 벌이 날아와서 꿀을 만들어내는 것을 벌 받는다고 해요. 이렇게 같은 말이 두 가지의 뜻을 가진 것을 중의법 이라고 해요.

중의법을 사용하여 짧은 글을 지어 보세요.

2. 강조하기

문장에 힘을 주어 강조함으로써 짙은 인상을 주는 방법

(1) 과장법(誇張法): 사물의 수량, 상태, 성질 또는 글의 내용을 실제보다
더 늘이거나 줄여서 표현하는 방법이에요.

> 젓가락과 숟가락 / 나란히 놓으면 / 119 / 도움이 필요할 땐 / 119
>
> 입 안에서 / 꼴깍꼴깍 / 침 넘어가는 소리가 /
>
> 시냇물 소리에서 폭포 소리로 변하고
>
> 뱃속에서 / 꼬르륵꼬르륵 / 밥 넣어 달라는 신호가 /
>
> 폭포 소리에서 천둥소리만큼 커지면 /
>
> 신속하게 / 어머니께 / 119
>
> — 「젓가락과 숟가락」

배가 고픈 아이예요. 우리가 배고플 때를 떠올려 보아요. 뱃속에서 폭
포 소리가 나고 천둥이 치는 것 같았던 적이 있나요? 에이, 그 정도는
아니라구요? 바로 그거예요. 작은 일을 크게 부풀려 과장되게 표현하는
것. 이렇게 해보면 시가 훨씬 재미있고 주제가 잘 드러나요..

과장법을 사용하여 짧은 글을 지어 보세요.

(2) 반복법(反復法): 같거나 비슷한 단어나 구절, 문장을 반복시켜서 뜻을
　　강조하는 방법이지요.

> 엄마와 내가 같은 시간을 아팠던 적이 있습니다.
> 세상 밖으로 나오기 위해 / 세상 밖으로 내보내기 위해
> 세상 밖으로 나온 나의 아픔은 끝났지만 / 엄마의 아픔은 아직입니다.
> 비싼 잠바 사달라고 조를 때 / 엄마는 아팠고
> 친구와 싸우다 끌려간 경찰서에서 / 엄마는 아팠습니다.
> 내가 오토바이를 타고 바람을 가르며 신나게 달릴 때도 /
> 엄마는 아팠습니다.
>
> － 「함께」

　어머니는 자식을 낳을 때도 기를 때도 항상 아프네요. 자식은 그런 어머니 덕분에 늘 행복한데요. 엄마의 삭제자식에 대한 어머니의 추가 일방적인 사랑을 이렇게 반복해서 표현하니 어머니의 사랑과 희생이 더 잘 드러나지요?

반복법을 사용하여 짧은 글을 지어 보세요.

(3) 열거법(列舉法): 서로 비슷하거나 같은 계열의 구절이나 그 내용을 늘어놓음으로써 말하고자 하는 내용을 강조하는 방법이에요.

빨래 줄에 매달려 / 찬바람 맞고 있는 / 내 옷 // 톡 따다 입었더니

바람 내 / 하늘 내 / 엄마 내 / 새물 내

– 「새물내」

이 시에서 말하려고 하는 사실은 딱 한 가지예요. '새물내' 라는 말이 '빨래하여 이제 막 입은 옷에서 나는 냄새' 라는 뜻이라는 사실요. 그러나 그 사실을 그대로 적어놓으면 시라고 하기엔 조금 부족하겠지요? 그래서 빨래와 관계되는 바람과 하늘과 엄마 냄새를 열거해 놓았어요.

열거법을 사용하여 짧은 글을 지어 보세요.

(4) 수미상관법(首尾相關法): 머리와 꼬리가 서로 상관되는 방법이라는 뜻
으로, 시의 처음과 끝에 같거나 비슷한 구절을 반복 배치하여 강조하는
방법이에요.

> 엄마가 울었다. / 오늘 또 울었다.
>
> 오토바이를 타고 / 바람을 맞서며 달렸다. // 달려오던 트럭에 치어 /
> 갈비뼈가 부러졌다. // 병원 침대 옆에서 / 엄마가 울었다. //
> 엄마께 아무것도 / 해준 것도 없으면서 //
>
> 엄마를 울렸다. / 오늘 또 울렸다.
>
> — 「엄마도 운다」

친구도 엄마가 우는 게 마음이 아픈가 봐요. 그런데 또 친구들과 신나
게 놀고 싶은 마음도 어쩔 수 없나 봐요. 그 마음이 시의 시작과 끝에
반복되는 걸 보니 엄마를 울려놓고 자기도 마음 아파 훌쩍거리고 있을
친구가 보이네요. 이렇게 같거나 비슷한 말을 시의 처음과 끝에 반복
배치하게 되면 시의 주제를 강조함은 물론 오랫동안 시의 여운을 남겨
주기도 하지요.

수미상관법을 사용하여 짧은 글을 지어 보세요.

(5) 대조법(對照法): 서로 반대되는 내용을 맞세워 강조하거나 선명한 인상을 주는 방법이에요.

> 쇠 종 안에 갇힌 물고기
>
> 헤엄치는 법은 / 잊어버렸지만 // 노래하는 법을 / 배웠다.
>
> —「풍경 2」

　한적한 절집 지붕에 매달린 풍경을 본 적 있나요? 쇠 종 안에 물고기 한 마리가 매달려서 바람이 불 때마다 땡그랑땡그랑 소리를 내지요? 진짜 물고기라면 바다에서 헤엄을 치겠지만 쇠 종 속 물고기는 노래를 하네요. 바다와 하늘을 대조해서 나타냈으니 헤엄치다와 노래하다를 대조적으로 표현해야 짝이 맞겠지요? 이렇게 대조법을 사용하니 풍경 소리가 더 곱게 느껴지네요.

대조법을 사용하여 짧은 글을 지어 보세요.

(6) 영탄법(詠嘆法): 감탄사나 감탄형 어미 등을 써서 슬픔, 기쁨, 감동 등의 벅찬 감정을 강조하여 표현하는 방법이에요.

영감! / 제발 술주정 좀 그만 하소. / 했던 소리 또 하고 /

했던 소리 또 하고 / 지겨워 죽겠네.

흥, / 자네야말로 / 옷 주정 좀 그만하지 / 옷장에 옷이 그렇게 많아도 /

옷 없다 옷 없다 그만 좀 하지.

그러던 할머니 할아버지가 / 오늘은 한 마음으로 / 꽃 주정이다.

하이고메! 이 꽃 좀 보게. / 아직 쌀쌀한데 /

외투도 안 입고 벌써 나왔네.

그러게, / 뭔 좋은 일을 했다고 / 살아서 또 꽃을 보나?

봄날의 꽃 주정 / 참 듣기 좋다.

– 「꽃 주정」

  이런 꽃주정이라면 매일 들어도 좋겠네요. 태어나 수십 번 봄을 맞이했을 할아버지 할머니께도 봄은 여전히 새롭고 반갑고 행복을 주는 존재인가 보네요. 봄을 맞이하는 들뜨고 기쁜 마음을 더 잘 표현하기 위해 다양한 감탄사를 사용하니 봄날의 설렘이 더 잘 느껴지지요?

영탄법을 사용하여 짧은 글을 지어 보세요.

3. 변화주기

단조로움과 지루함을 피하기위해 변화를 적절히 주는 방법

(1) 도치법(倒置法): 문장상의 순서를 바꾸어서 내용을 강조하는 방법이에
요.

> 옛날 / 우리 조상님들은 / 식물도 귀가 있다 믿었다.
> 곡우엔 정미소 문을 닫았다. / 쌀눈이 깨지는 소리를 /
> 볍씨들이 듣지 않도록
>
> – 「귀」

　우리 조상님들은 식물도 귀가 있다고 믿어서 방아를 찧을 때도 조심했
군요. 이 시를 국어 문법에 맞도록 하려면 '볍씨들이 쌀눈이 깨지는 소
리를 듣지 않도록 곡우엔 정미소 문을 닫았다.' '주어+목적어+부사어
+서술어' 순으로 적어야 하겠지만 우리 조상님들이 작은 미물인 볍씨
까지 배려했다는 것을 강조하기 위해 문장의 순서를 바꾸어 마지막으
로 자리를 옮겼어요.

도치법을 사용하여 짧은 글을 지어 보세요.

(2) 대구법(對句法): 비슷한 내용과 가락을 나란히 배치하여 흥미를 일으키는 방법이에요.

아빠는 글 짓고 / 엄마는 밥 짓는다. //

김이 오르는 하얀 쌀밥에 / 잘 구운 고등어 / 정갈한 나물 반찬 /

구수한 된장국이 식탁에서 끓었다.

돈도 안 되는 시 나부랭이나 짓는 나보다 /

식구들 살찌우는 당신이 낫소. / 아빠가 말했다.

먹고 살만 찌우는 밥보다 /

마음을 살찌우는 당신 시가 낫지요. / 엄마가 답했다.

– 「짓는다」

엄마와 아빠가 함께 짓는 집이네요. 아빠는 글 짓고 엄마는 밥 짓는 집이네요. '아빠는 글쓰고 엄마는 밥한다.' 라고 해도 의미는 같지만 같은 말의 반복과 대구가 주는 효과가 사라지니 글의 운율도 재미도 사라지죠? 이 시에는 안 나오지만, 옆에 있던 아이도 무언가를 지어야 할 것 같네요. 아마도 미소를 지을 것 같지 않나요?

대구법을 사용하여 짧은 글을 지어 보세요.

(3) 설의법(設疑法): 결론이나 단정 부분에서 질문하는 형태를 사용해서 강조하는 방법이에요.

책 속에 길이 있다. / 말 안 해도 알아요. / 날마다 책을 읽고 있답니다.

읽다 뿐인가요? /

날마다 읽은 책을 실천하며 살고 있답니다. / 속 수 무 책

내일 체육 시간에 이어달리기도 / 속 수 무 책

곧 있을 중간고사 시험도 / 속 수 무 책

엄마께 성적표를 보여드릴 때도 / 속 수 무 책

– 「속수무책」

'속수무책'이라니 그것 참 큰일이군요. '더 이상 손을 쓸 방법이나 대책이 없다.' 글 속 화자는 공부도 운동도 못해서 속수무책인데 어른들은 자꾸 책을 읽으라고 하네요. 이미 속수무책을 읽고 있으며 실천까지 하고 있는데 말이에요. 그래서 저렇게 되물었어요. 읽다 뿐인가요? 라고.

설의법을 사용하여 짧은 글을 지어 보세요.

(4) 반어법(反語法): 겉으로 표현할 내용과 속에 숨어 있는 내용을 서로 반
대로 나타내어 주제를 강조하는 방법이에요.

> 눈도 없고 / 코도 없어 / 커다란 입 하나 뿐
>
> 아무도 모르게 / 혼자서 떡 해 먹으려 / 그늘진 뒤안에서 / 방아 찧는데
>
> 눈이 없어 눈치도 없고 / 코가 없어 코치도 없어/
>
> 커다란 입으로 말은 잘하지.
>
> "쿵더쿵 쿵더쿵 / 이 집에서 떡 한다. / 쿵더쿵 쿵더쿵"
>
> 동네방네 소문내며 / 떠들어 댄다.
>
> – 「절구」

　나 혼자 떡 해 먹으려고, 누가 들을까봐 가뜩이나 마음졸이고 있는데,
절구 저 녀석이 커다란 입으로 자꾸 소문을 내네요. 저 얄미운 녀석에
게 '커다란 입으로 말은 잘하지'라고 속마음과 반대로 말하고 있네요.
어때요? 반대로 말하니 얄미운 화자의 마음이 더 잘 드러나지요?

반어법을 사용하여 짧은 글을 지어 보세요.

(5) 문답법(問答法): 묻고 답하는 형식을 빌려서 전개시켜 나가는 방법이에 요.

> 거미야, / 너희 부모님은 왜 / 맨날 집만 짓고 밥은 짓지 않니?
> 응, 우리 부모님은 / 집 짓는 게 / 밥 짓는 거야.
>
> ―「집밥」

다른 말은 필요 없겠네요. 거미 엄마가 줄만 쳐 놓으면 알아서 맛있는 파리와 여치와 메뚜기가 걸려들 테니까요. 이렇게 묻고 답하는 방법을 문답법이라고 해요.

문답법을 사용하여 짧은 글을 지어 보세요.

(6) 돈호법(頓呼法): 어떤 사물을 의인화시키거나 대상의 이름을 불러서 주
    의를 환기시키는 방법

> 지구야! 놓아줘. / 저 우주에 가 보고 싶은데
>
> > – 「중력을 거부하며」

부르는 말을 지워볼까요? '놓아줘. 저 우주에 가보고 싶은데' 지구에게 하는 말인 줄 알겠나요? 지구의 중력이 사람을 잡아당기니 우주로 가고 싶어도 못가나 봐요. 이 시에서 가장 중요한 친구는 지구에요. 그래서 확실히 강조하기 위해 '지구야!' 부르면서 시작해요.

돈호법을 사용하여 짧은 글을 지어 보세요.

2부 생각하기

1. 자연물의 이름

접시꽃

가난한 집 마당에
활짝 핀
접시꽃

귀한 손님 오셔도
빈 접시뿐이니
부끄럽습니다.

접시에 가득 담은
향기라도 배부르게
맡고 가세요.

우리나라 꽃과 풀, 나무와 곤충, 물고기와 새 등 자연물들의 이름은 참 재미있기도
하고, 때로는 가엾기도, 어떨 땐 서럽기도 해요. 그래서 그 자연물의 이름이 그대로
시가 되기도 해요.

방아깨비

방아깨비 학교 간다.
가기 싫은데 억지로 간다.

학교 가서 공부하기 싫으면
집에서 방아나 찧으라는
어머니 말씀 때문에

그런데
학교에서 방아 찧는다.

국어 시간에도
수학 시간에도

책상에 머리로
꾸벅꾸벅
방아 찧는다.

 접시꽃은 접시로, 방아깨비는 방아로 그 이름에 담긴 의미 그대로 사용하고, 이야기만 생각해서 만들어 보면 되지요. 백과사전이나 각종 도감을 펼쳐놓고 자연물들의 이름만 한번 읽어봐요. 재미있는 이름을 적어보고 이야기를 만들어 봐요.

1. 사전이나 도감에서 찾은 자연물의 이름과 종류, 그리고 떠오르는 느낌을 적어보세요.

이 름	종 류	느 낌

2. 위의 자연물 중 하나를 골라 그 이름에 얽힌 추억이나 이야기, 떠오르는 생각 등을 적어 보세요.

3. 떠오른 이야기와 이 자연물의 이름을 연결하여 어떤 주제를 만들어내면 좋을지 적어보세요.

4. 훌륭한 시인도 시를 한 번에 쓰지는 못합니다. 한번 쓴 시를 고치고 또 고치고 그렇게 좋은 시가 만들어져요. 시가 잘 안 써져도 걱정말고 생각 나는 대로 써 봅니다. 시는 여러 번 고쳐 쓰는 것이 좋아요.

5. 정리된 내용들을 가지고 시를 써 보세요.

2. 아름다운 우리말

도둑눈

창문을 여니
밤새 내린 도둑눈 매달려 있었다.

무서웠지만
조용히 타일렀다.

세상에 처음 내려오는데 벌써 도둑놈이 되면 쓰겠니?
마음 고쳐먹고 착하게 살아라.

함박웃음 지으며 내려간다.

세상에 함박눈 내린다.

친구들은 하루에 국어사전을 몇 번이나 펼쳐보나요? 궁금한 것은 인터넷 검색으로 쉽게 찾을 수 있으니 더더욱 사전과는 멀어지죠? 그런데 편하다고 계속 그러다보 면 아름다운 우리말들이 점점 사라져 가고 나중에는 멋진 말을 하고 싶어도 못하게 될 수도 있어요. 국어사전이 읽기 힘들다면 '아름다운 우리말 사전', '유의어 사전' 등 을 읽어보세요. 이렇게 국어사전에 있는 아름다운 우리말을 찾아서 시를 쓸 수도 있 지요.

노루잠

사람들이 써 놓은
'자동차 전용도로'

노루 생각에는
'노루도 함께 다니는 길'로 보였을지 몰라.

쌩쌩 달리는 자동차에 치여
한쪽 다리가 부러졌다.

나머지 세 다리도
잠 못 들고

밤새
발발 떤다.

노루잠은 '깊이 들지 못하여 자주 깨는 잠', 도둑눈은 '밤사이에 사람들 모르게 내린 눈'이에요. 친구들은 노루를 본 적 있나요? 노루를 깨끗하고 맑은 숲속에서 보았다면 좋았을텐데 안타깝게도 선생님은 지나다니는 자동차에 치어 납작하게 죽어 있는 노루를 더 많이 보았어요. 그래서 자동차에 치어 죽은 슬픈 노루 이야기를 써 보려고 했어요. 먼저 '노루'와 '잠'을 나눠 보았어요. 자동차에 치어 잠들지 못하는 노루 이야기를 노루잠과 연결했어요.

1. 사전에서 둘 이상의 단어가 모여 하나가 된 우리말을 찾고 그 뜻을 적어
보세요. 아름답거나 재미있거나 새로운 단어가 더 좋아요.

단 어	뜻

2. 찾아낸 우리 말을 가장 작은 단위의 말로 쪼개어 각각의 뜻을 적어보세요.

단 어	나 눈 단 위	뜻

3. 각각의 뜻을 합쳐서 어떤 주제를 드러내면 좋을지 생각해보고 하나의
이야기를 만들어 보세요.

5. 정리된 내용들을 가지고 시를 써 보세요.

3. 언어유희

모과

모과가 뭐가 좋냐고?

못생겼지
얼굴은 끈적거리지
몸매는 울퉁불퉁하지
좋은 거 하나도 없다고

너 모과 흉보느라
목 아프지 않니?

모과는
목에 좋다는데

경상도에서는 모과를 '모개' 라고도 불러요. 소리 나는 대로 읽어보면 '모게 조은 모개나무' 이렇게 되겠네요. '모게' 와 '모개' 또는 '모과' 비슷한 발음의 단어를 연결하여 강조하는 이런 표현을 문학 작품에서는 '언어유희' 라고 해요. 언어유희를 사용하면 생동감이 넘치고 더 재미있는 작품이 되지요.

평생학교

할머니네 동네에 평생학교가 생겼다.

평생, 학교라고는 못 가볼 줄 알았는데

평생학교에 평생학생이 된 할머니들

평생, 평생학교 결석 안 할 거라고

평생, 안 해 본 약속들을 했다.

 목에 좋은 모과나무, 평생 학교 가는 것이 소원이었던 평생 학교 할머니들. 참 공교
롭게도 닮거나 비슷한 말을 연결하여 언어유희의 효과도 살리고 작품의 주제도 더
잘 드러내고 무엇보다 독자님들이 훨씬 즐거워졌겠네요.

1. 자신의 주변에서 비슷하거나 같은 이름으로 불리는 것을 찾아서 적어보세요.

> 예: 내 고향(   )에서는 (   )와 (   )를 (   )이라 부른다

2. 두 사물이 가진 각각의 특징을 적어보세요.

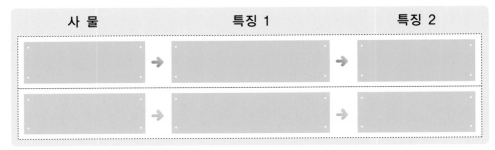

사 물	특징 1	특징 2

3. 두 사물의 공통점을 찾아 적어보세요.

4. 두 사물의 차이점과 공통점을 활용하여 어떤 주제를 만들어내면 좋을까요?

5. 생각한 것들을 정리하여 시를 써 보세요.

4. 사투리

웃는 깨

할머니와 할아버지
밭에서 깨를 심다가

할아버지 얼굴에 붙은 깨를 보고
할머니가 큰 소리로 웃기 시작했대요.

와 웃노 와?
글쿠로 웃으며 깨를 심다가
웃는 깨가 나우믄 우짤라카노?

우짜기는 멀 우째?

웃는 깨가 나오믄
웃으믄서 깨를 비제

웃는 깨를 바싹 말라가
웃으믄서 깨를 털제

그래가 나물에도 옇고
밥에도 옇어서
온 식구 둘러앉아 맛나게 퍼 먹제.

그럼 우예되는데?

우예 되기는 머가 우예 되?

식구들끼리 싸우다가도 웃고
썽 낼라카다가도 웃고
그라제.

고장난 섬

제주도 사람들은

꽃을 고장이라 부르고
피다는 난이라 부른다.

제주도에 봄이 오면
온 섬이 고장 난다.

한라산이 고장 나고
유채밭이 고장 난다.

고장 난 섬에서
뭐가 그리 즐거운지

아이들 얼굴도
온통

고장,

고장,

고장난다.

　사투리는 아끼고 보존해야 할 우리말이에요. 사투리를 사용하면 때로는 표현하기 어려운 마음속 깊은 감정을 표현하기 쉽기도 하고 사람들과의 관계가 한층 가까워지기도 해요. 시를 잘 쓰려고 애써 노력하지 않아도 일상의 상황을 사투리로 바꿔쓰기만 해도 멋진 시가 된답니다.

1. 내가 태어나고 자란 고향은 어디인가요? 고향이 서울인 친구들은 부모님이나 할머니의 고향을 적어도 좋아요.

2. 내가 아는 사투리 중에서 기억에 남거나 알리고 싶은 사투리를 적고 그 뜻을 적어보세요.

3. 그 사투리를 사용했던 상황이나 경험, 혹은 들은 이야기 등을 적어보세요. 텔레비전이나 영화에서 보았던 것을 적어도 좋아요.

4. 그 상황을 잘 정리하여 시로 적어 보세요.

5. 속담

우물 안 개구리

개굴개굴
개굴개굴

평생을 사는 동안 우물 구멍만큼
의 하늘밖에 못 본 사람
꽉 막히고 식견이 좁은 사람

한 번 외운 것도
수십 번 수천 번
반복해서 공부하는 것

이제부터 그렇게 부르지 마.
뭘 모르고 하는 소리

다 들었으면서

우물 안 개구리가
얼마나 열심히 공부하는지
다 들었으면서

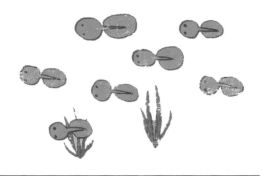

　속담은 예로부터 전해오는, 쉽고 짧으면서도 삶의 지혜와 교훈을 주는 말이에요. 이 속담에 꼭 어울리는 상황을 만들어 시를 쓸 수도 있지요. '우물 안 개구리'라는 속 담은 원래 답답하고 꽉 막힌 사람에게 쓰는 말이지만 다른 생각을 해 볼 수도 있지 요. 평생을 살면서 '개굴개굴' 같은 말만 반복하는 우물 안 개구리가 공부하는 중이 라면, 반복 학습을 저렇게 열심히 하고 있으니 개굴개굴 박사가 되었겠네요.

지는 게 이기는 거

털게와 꽃게가
권투 시합 하기로 했다.

털게는 털장갑 끼고
싸울 준비하는데

꽃게는
기권인가 보다.

털게에게 주려고
꽃을 들고 온 것을 보니

꽃게가 이겼다.

지는 게 이기는 거라고
엄마가 말했다.

털게와 꽃게는 '게'의 한 종류일 뿐인데 '털+게', "꽃+게'나누어 봤어요. 그다음에 '털장갑을 낀 게'와 '꽃을 든 게'로 또 나누었지요. '털장갑과 꽃 '중에서 '꽃이 이기면 더 좋겠다 '는 생각을 가장 쉽게 표현한 말이 바로 '지는 게 이기는 것 '이라는 우리 속담이었지요.

1. 재미있는 속담을 찾아 뜻과 함께 적어보세요.

   시의 소재를 찾기 위한 거니까 많이 찾을수록 좋아요.

2. 정해진 속담의 뜻 외에 친구들이 생각하는 뜻을 만들어 적어보세요.

3. 속담과 관련된 경험이나 들은 이야기 혹은 생각해서 꾸며낸 이야기를
   적어보세요.

4. 그 상황을 어떤 주제로 나타내면 좋을까요?

5. 정리한 내용을 시로 적어보세요.

_____

_____

_____

_____

_____

_____

_____

_____

_____

_____

_____

_____

6. 닮은 글자

없을 무

無

자연 마트 속으로
쇼핑 카트 끌고 간다.

시원한 바람도 듬뿍 담고
꽃향기도 충분히 담았는데

어?
아무것도 없다

없을 무
쇼핑카트

자연은 돈으로 사는 거 아니란다.
나 혼자 보려고 사 가는 거 아니란다.

쇼핑 카트는 물건을 사서 담는 역할을 하지요. 그런데 그 쇼핑카트가 글자 '없을
무'를 닮았으니 어떻게 연결할까요? 사지 않아야 하고 담지 않아야 할 것들을 담아
보면 되겠네요. 그래서 함께 보고 함께 보존해야 할 자연을 샀다고 했어요. 사긴 했
지만 카트에 담아 집으로 가져가면 안 되니까요.

할머니처럼 공부하자

여든 살에
초등학생이 된 할머니

집에 가서
ㄱ을 100번 써오세요.

밭에서 일하다가 호미로 ㄱ을 쓰고
나무를 베다가 낫으로 ㄱ을 쓰고

굽은 손가락으로
기어이 ㄱ을 100번 쓰고

숙제 공책
당당히
옆구리에 끼고
학교 가는 길

숙제 잊어버리실까봐
몸으로
ㄱ을 쓰며 가신다.

세종대왕 할아버지가 한글을 만드실 때 우리가 말하는 입 모양을 보고 만드셨대요. 그런데 글자들을 가만히 보면 어떤 사물과 닮은 것들이 있어요. 굽은 할머니의 허리는 자음 ㄱ을 닮았네요. 이렇게 닮은 글자들이 시가 되었어요. 그런데 그냥 닮았다고만 쓰면 시가 안 되겠지요? 재미있는 이야기를 만들어 연결하면 좋은 시가 된답니다.

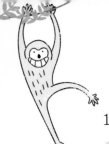

1. 친구들이 알고 있는 글자들이 무엇을 닮았는지 한 번 찾아볼까요?

2. 글자와 닮은 것을 활용하여 어떤 이야기를 만들 수 있을까요?

3. 그 상황과 같은 경험이나 생각한 것을 적어보세요.

4. 정리한 내용을 시로 표현해 보세요.

7. 이미지

오솔길

최첨단
현대식
대단지
아파트
안에도
조그만
오솔길
있지요.
오솔길
옆에는
채송화
자라고
나뭇결
무늬의
벤치도
있지요.
벤치엔
아무도
앉은적
없어요.
바람과
새들과
어스름
달빛만.
학원과
학교를
오가는
아이들
가여워
가만히
내려다
보아요.

새친구

새

떼 들이

날아갈 때요

같이 날아 간대요

한 놈이 포기하려 해도

혼자 밖으로 나갈 수가 없대요

같이 날고 있으니 나갈 수가 없대요

힘들어도 친구들과 함께 갈 수 밖에 없대요

그게

친구래요

시는 행과 연이 만나 운율을 형성하며 이루어지는 문학이에요. 그러나 행 배열을 재미있게 구성하여 글자가 이미지처럼 보이게 배열한 시를 '이미지 시'라고 해요. 이 이미지는 시의 소재와 잘 어울려야 해요. 새 떼들이 날아가는 것 보았지요? 빨리 가려면 혼자 가고, 멀리 가려면 같이 가야 한다더군요. 새 떼들은 혼자 빨리 가서 1등 하고 싶지 않은 모양이에요. 그래서 저렇게 삼각형 모양의 열을 이루어 함께 가네요. 약한 친구는 가운데에 넣어 도와주면서요.

1. 시로 그리고 싶은 이미지를 생각해서 그려 보세요. 이미지는 단순하고 시의 소재를 한 번에 알 수 있는 것이 좋아요.

2. 그 이미지와 어울리는 상황, 혹은 경험하였거나 생각해 낸 것을 적어보세요.

3. 그 상황을 어떤 주제로 표현하면 좋을까요?

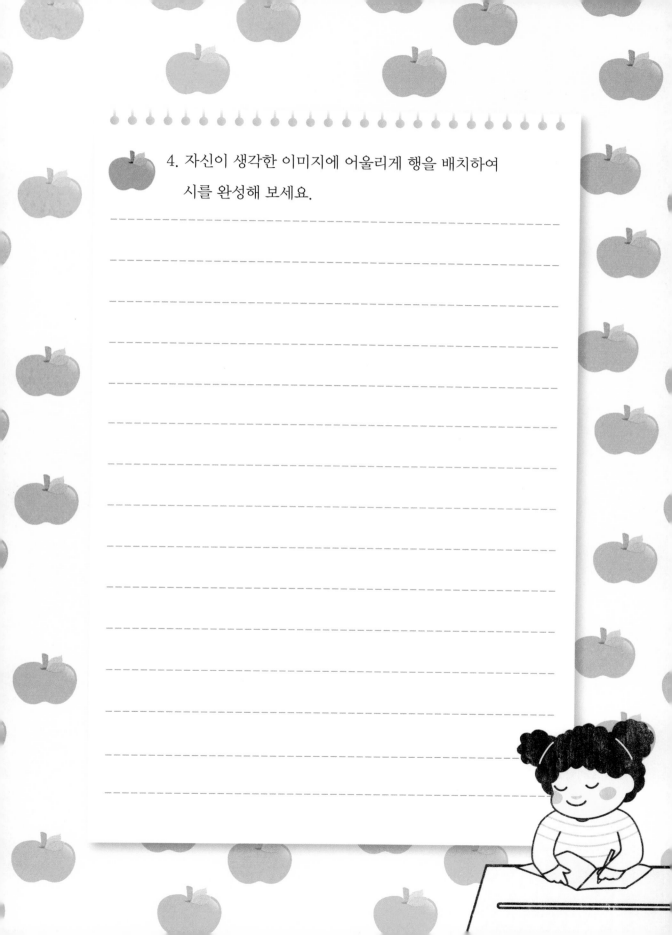

4. 자신이 생각한 이미지에 어울리게 행을 배치하여
   시를 완성해 보세요.

8. 우리 명절

색동옷 입은 굴비

새 옷 한 벌 못 얻어 입어
시무룩한 설날 아침

살진 굴비 한 마리
색동 옷 입고
할아버지 차례상에 올랐다.

색동옷이 작은지
옆구리 터졌다.

시무룩한 나는 그만
웃음보 터졌다.

  명절 아침 풍경, 새 옷을 차려입고 오랜만에 만난 친척들과 즐거운 시간을 보내는 모습, 생각만 해도 즐겁네요. 그런데 명절날이 모두에게 기쁜 건 아닌가 봐요. 그러나 새 옷을 못 얻어 입어 시무룩했던 우리 친구도 결국엔 굴비의 작은 옷 때문에 함께 웃는 날이 되었네요.

콩 볶는 날

2월 첫날은 콩을 볶았대.

새알 볶아라.

쥐알 볶아라.

콩 볶아라.

노래 부르면

새와 쥐가 없어져

곡식을 축내지 않는다고.

인정 많은 조상님들

새와 쥐를 쫓을 때도

맛있는 콩을 볶아

대접해서 보냈대.

친구들이 알고있는 명절에는 어떤 날이 있나요? 설날과 추석날, 더 많이 아는 친구들은 단오와 한식, 칠월 칠석날 등도 알겠지요? 그러나 명절은 아니지만 우리 조상님들은 동물들을 아끼고 사랑하는 날까지 만들어 실천했어요. 농사를 방해하는 쥐와 새를 쫓는 날을 '콩 볶는 날' 이라고 했네요.

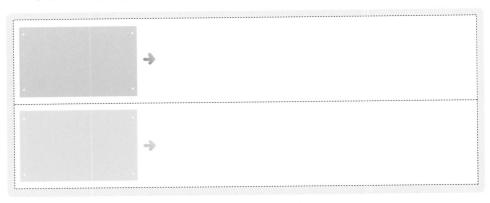

1. 친구들이 알고 있는 특별한 날은 어떤 날인가요? 또 그날에는 어떤 놀이나 세시풍속을 즐기는지 어떤 생각을 하는지 등을 적어보세요.

2. 그날에 대하여 자신이 경험했거나 들은 이야기, 혹은 꾸며낸 이야기 등을 적어보세요.

3. 그 이야기를 통해서 어떤 주제를 드러내면 좋을까요?

4. 완성된 내용으로 시를 적어보세요.

9. 장애

귀 잘린 장독

할머니 집 마당에
귀 잘린 장독

어머, 쟤 좀 봐!
귀 하나가 없는 주제에
우리랑 똑같은 항아린 줄 아나 봐.

고추장 항아리가
함부로 내뱉는
맵고 독한 말도

이거 뭐야?
왜 이렇게 옆에서
걸리적거려?

된장 항아리가
삐딱하게 눌러쓴 모자로
툭툭 건드려도

못 들은 척
모르는 척

귀 잘린
장독

우리 주변엔 몸과 마음에 장애를 갖고 살아가는 사람들이 있어요. 그 사람들은 다른 사람들보다 생활이 조금 더 불편할거에요. 그러나 그 사람들을 무조건 불쌍하게 여기거나 모든 것을 도와주려고 해서는 안 돼요. 사람들은 모두 아플 때도 있고 누군가의 도움이 필요할 때도 있잖아요. 도움이 필요할 때는 도와주면서 같이 어울려 살아가면 돼요.

한 개미가 다른 개미를

벽지 위에 개미 한 마리
길을
잃었다.

횡단보도도
신호등도 없는
그 넓은 벽지가 다 길인데

바보처럼
길을
잃었다.

그때 작은 개미 나타나
길 잃은 개미 데려갔다.

길 잃은 개미가 더 큰데도
아픈 우리 언니처럼

작은 개미가 조심히 데려갔다.
언니를 사랑하는 나처럼

1. 친구들은 몸이 아프거나 불편할 때가 있었나요?

2. 그때 친구들은 어떤 것이 불편했고 어떤 생각을 했나요?

3. 그때 친구들을 도와준 사람들이나, 오히려 나쁜 말로 더 힘들게 한 사람들이 있었나요?

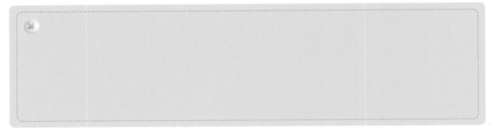

4. 우리는 장애인을 어떻게 대해야 할까요?

5. 정리한 내용을 시로 적어 보세요.

----

10. 가족

아기는 준비 중

병원에서 돌아온 이모가
저녁도 안 드시고 한참을 우셨다.

예쁘게 하고 가느라
맨날 약속 시간 늦었으면서

아기가 안 생겨서
슬퍼서 우신단다.

이모는 참 바보다.
나는 다 기억하는데

이모부 만나러 갈 때

세수하고 또 하고
거울 보고 또 보고
이 옷 저 옷 입어보고

아직 태어나지도 않은 우리 동생, 아기가 안 생겨 슬퍼서 우는 이모, 모두다 사랑스러운 우리 가족이지요. 가족은 때로는 다투기도 하고 미워하기도 하지만 우리가 함께 하고 평생 사랑해야 할 사람이지요. 그래서 가족 이야기는 시의 소재로 많이 사용되곤해요.

햇볕 한 장

요양원 창문으로 들어오는 햇볕 한 장
손수건인 양 무릎에 얹어 놓고

할머니는 자꾸
창밖 공터에 내려앉는 햇볕을 아까와했다.

뭐라도 내어 말리지.
아까운 볕을 놀리네.

저 귀한 볕을 한평생 공짜로 썼으니
고맙게 잘 살다 간다며

햇볕 한 장을
무릎에 덮었다 머리에 덮었다 했다.

이제 곧 돌아가실 준비를 하고 계시는 할머니, 사는 동안 고마웠던 햇볕에게 감사 인사를 하는 할머니, 슬프지만 참 아름다운 가족 이야기에요. 가족 이야기는 그냥 솔 직하게 쓰기만 해도 좋은 시가 되기도 해요. '가족'이라는 말 속에는 이미 시가 들어 있는 것 같기도 하네요.

1. 내가 사랑하는 가족과 그 이유를 적어보세요.

엄 마

2. 그중에 한 사람을 골라 그 사람을 생각하면 떠오르는 이야기를 적어보
세요.

3. 그 일을 어떤 주제로 드러내면 좋을까요?

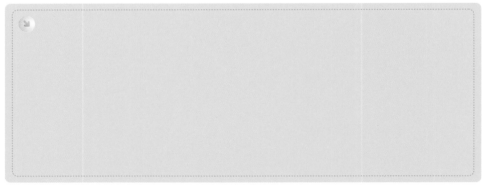

4. 이야기를 모두 모아 완성된 시로 표현해보세요.

11. 친구

둘이

땅만 보고 걸었다.
둘인 줄 알았던 내 발이 하나뿐이다.

하나뿐이었다니
그래서 그렇게 힘들었구나.

그런데 발은
번갈아 하나씩이었다.

왼발 하나
오른발 하나

둘이
가는
길이었다.

친구는 반드시 한 사람과 또 다른 한 사람의 관계로만 이루어지지는 않아요. 나에게 있는 두 발도 서로 친구라 할 수 있어요. 두 친구가 서로 혼자 걷는 줄 알고 마음이 더욱 힘들었는데 알고 보니 나를 번갈아 이끌고있는 친구였네요.

자전거 도둑

엄마를 졸라 비싼 자전거 샀다.
한나절도 못 타고 비싼 자전거 도둑맞았다.

친구가 말했다.

－너도 훔쳐.
잠시 흔들렸다.

－내가 도와줄게.
정신이 번쩍 들었다.

내 착한 친구가
나를 위해 도둑이 되려고 한다.

자전거를 잃고
친구를 가지기로 했다.

친구! 듣기만 해도 따뜻해지는 이름, 오랜 시간이 지나도 그리움 속에 남아 있을 이름, 참 따뜻하지요? 친구는 나의 기쁨을 함께 나누지만 내가 힘든 일을 겪고 있을 때 도와주는 사람이기도 하지요. 그런데 너무 친해서 나의 나쁜 짓까지 도와주려는 친구가 있다면 어떻게 해야 할까요? 그 친구를 위해서 내가 나쁜 짓을 안 해야겠지요?

1. 내가 가장 사랑하는 친구를 적어보세요.

   친구는 반드시 사람일 필요는 없어요.

   동식물과 사물, 자연물 등도 친구가 될 수 있어요.

2. 그 친구를 가장 사랑하는 이유는 무엇일까요? 친구와 함께 경험한 이야기나 생각한 것 등을 적어보세요.

3. 그 일을 통해 알게 된 것이나 배운 것들이 있나요?

4. 그 이야기들을 모아서 어떤 주제로 드러내면 좋을까요?

5. 완성된 시를 적어 보세요.

12. 과학 상식

웃는 심장

나의
심장에는

두 개의 방과
두 개의 실이 있대.

그러니 내 심장이
늘

방실방실
웃을 수밖에

이렇게 신기할 수가 있을까요? 모든 사람들의 심장에는 좌심방 좌심실, 우심방 우심실 이렇게 두 개의 방과 두 개의 실이 있네요. 이것은 친구들도 과학책에서 배워 아는 내용이지요? 과학과 문학은 너무 먼 거리에 있다고만 생각하지 않았나요? 그런데 이렇게 과학적 사실을 소재로 써도 시가 된답니다.

바퀴 가방

가방도 있었고
바퀴도 있었대.

그러나 가방에 바퀴를 붙이는 데는
4천년이 걸렸대.

생각을 바꾸는데
4천년이나 걸렸대.

바퀴가 달린 가방을 끌고 여행 갔던 기억 있나요? 바퀴 달린 가방이 없었다면 무거운 가방을 어깨에 메거나 손에 들고 힘들게 여행을 해야 할 뻔했어요. 가방도 있었고 바퀴도 있었는데 말이에요. 가방에 바퀴를 붙이려는 생각, 이 생각도 바로 과학이지요.

1. 알고 있는 과학적 사실 중에 가장 재미있거나
   신기했던 것이 있나요?

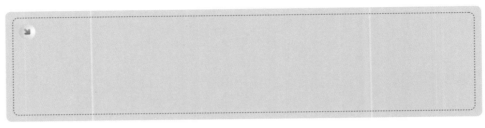

2. 그 사실을 알게 된 상황이나 경험 등을 적어보세요.

3. 그 상황을 통해 깨닫거나 배운 것이 있나요?

4. 위의 내용들을 모두 모아 어떤 주제의 이야기를 만들어 볼 수 있을까요?

94

5. 완성된 시를 써 보세요.

13. 자연 현상

첫눈에 대한 보고서

너 먼저 뛰어내려

싫어,
무서워
너 먼저 뛰어내려

용기 있는 녀석만
들을 수 있는 말

– 야! 첫눈이다.

첫눈이 내리는 것 본 적 있나요? 첫눈은 작고 여리고 금방 녹아 버려서 더 애처로운 마음이 들기도 해요. 그런데 그 여린 첫눈이, 첫눈이 되기 위해서 얼마나 큰 용기를 냈을까 생각해본 적 있나요? 쉽게 볼 수 있는 자연 현상에 대해서 깊은 생각을 담아 시를 쓸 수도 있어요.

초승달이 들으면

쉿!
조용히 해.

저 하늘에
초승달

한쪽 귀를 쏙 내놓고
엿듣고 있지?

저 귀로 듣고 나서
보름만 지나면

동그란 입으로
온 세상에 소문을 낼 거야.

초승달이 들으면
온 세상이 다 듣는 거야.

수천 년 전부터 매일 매일 모양을 바꾸는 저 달을 보고 무슨 생각 해 보았나요? 가만히 보면 초승달은 사람의 귀 모양을, 보름달은 사람의 입 모양을 닮았네요. 보름마다 한 번씩 귀가 되어 듣고, 보름마다 한 번씩 입이 되어 말하고 있을지도 몰라요. 쉿 친구들 오늘 밤 저 달은 귀인가요? 입인가요?

1. 친구들이 생각하는 재미있는 자연 현상을 떠올려 볼까요?

2. 그 현상은 왜 일어나는 걸까요? 과학적인 지식을 담은 답변 말고 독특한
   생각을 적으면 더 좋아요.

3. 그 자연 현상과 비슷한 상황이 친구들이 경험한 일 중에서도 있었나요?

4. 그 자연 현상에서 어떤 것을 새로 알게 되었거나 깨달은 것이 있나요?

5. 완성된 시를 적어보세요.

14. 문명과 자연

리모컨

켜고 싶을 때
켜고
끄고 싶을 때
끌 수 있지

버튼 하나만
누르면.

어제부터 꼼짝 않는
봉선화 꽃봉오리에 대고
누르고 싶다.

켜져라
켜져라

리모컨과 전자레인지, 선생님이 어렸을 때는 없었던 물건들이에요. 과학이 발전하면서 사람들이 점점 편리하게 살 수 있도록 새로운 물건들이 자꾸 생겨나네요. 그런데 아무리 새로운 물건들이 많이 만들어져도 우리가 어떻게 할 수 없는 것들도 있지요?

전자레인지 가족

식은 피자, 식은 치킨
전자레인지에 넣기만 하면
빙빙 돌다가 따뜻해진다.

엄마 아빠 다툰 날
식어버린 우리 집

들어가지 못하고
집 주위를 빙빙 돌았다.

따뜻해지라고
따뜻해지라고

 꽃이 빨리 피어나게 하는 법, 가족들이 다투지 않고 사이좋게 사는 법, 이런 어려운 문제들도 한 번에 해결해주는 기계가 있다면 좋을텐데요. 그런 일이 실제로 생겨날 날이 언젠가는 올지도 모르지만 우리는 시로 그런 날을 앞당겨 볼 수는 있겠네요. 과학 문명과 자연이 함께 어우러진 세상을 시로 써 볼 수도 있어요.

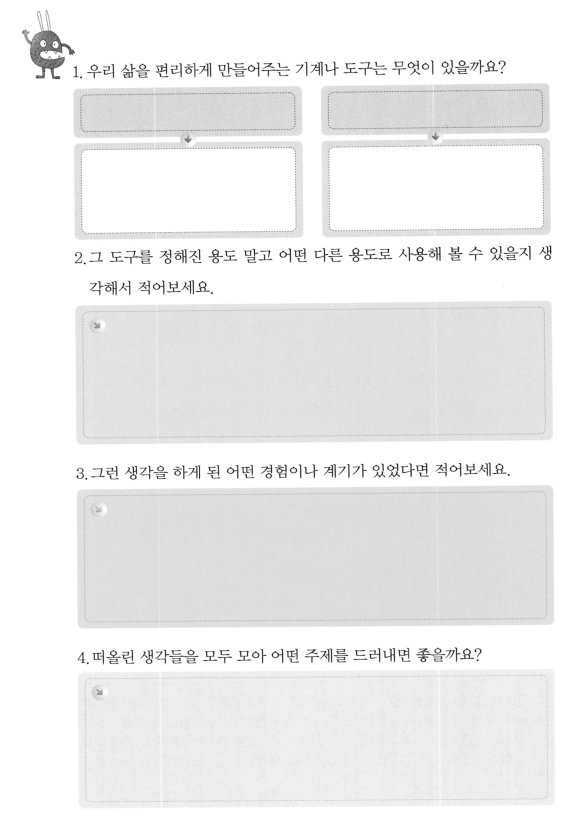

1. 우리 삶을 편리하게 만들어주는 기계나 도구는 무엇이 있을까요?

2. 그 도구를 정해진 용도 말고 어떤 다른 용도로 사용해 볼 수 있을지 생각해서 적어보세요.

3. 그런 생각을 하게 된 어떤 경험이나 계기가 있었다면 적어보세요.

4. 떠올린 생각들을 모두 모아 어떤 주제를 드러내면 좋을까요?

5. 완성된 시를 적어 봅시다.

15. 지구 살리기

사촌이 땅을 사면

속담 문제 내볼게.
사촌이 땅을 사면 어디가 아파?

몰라.

속담 몰라?
사촌이 넓은 땅을 사서
커다란 골프장을 지어서
사람들이 많이 오고
돈을 많이 벌면
어디가 아프겠어?

지구가 아파.

  우리 속담에 사촌이 땅을 사면 배가 아프대요. 사촌은 부자가 되었는데 나는 아니라서 부러운 마음이 들 수도 있겠네요. 그런데 정해진 속담의 의미를 그대로 사용하지 않고 '지구 살리기' 라는 다른 주제로 적어 보았어요. 사촌이 땅을 사서 그 땅에 꽃과 나무를 심으면 좋겠지만 나무를 다 베어 내고 골프장을 짓는다면 지구가 아프겠지요?

마음은 100점

아프리카로 보낼 작아진 운동화 깨끗이 빨아
50점짜리 시험지 구겨서 넣었다.

쓰레기는 왜 넣니?

쓰레기 아니에요.
새 신발 사면 종이뭉치 들어 있잖아요.
새 신발은 아니지만 새 신발 기분 느껴보라구요.

그런데 왜 시험지를 넣니?

이 신발 주인은 어떤 공부 하는지 알려주려구요.

그런데 왜 50점짜리를 넣니?

이게 제일 잘 한 거라서요.

 아프리카 친구들은 아직도 밥을 마음껏 먹지 못하고, 신발도 넉넉히 사서 신지 못
한대요. 그런데 우리는 조금만 싫증이 나도 신던 신발을 함부로 버려 지구를 아프게
하지요. 여기 공부는 좀 못하지만 지구사랑의 마음은 100점인 친구가 있네요.

1. 텔레비전에서 먹을 것이 없어 힘들게 살고있는 사람들을 본 적이 있나요? 그때의 상황과 느낌을 자세히 적어보세요.

2. 친구들도 그것과 비슷한 경험을 했거나 이야기를 들은 적이 있나요?

3. '지구 살리기'를 위해 우리가 실천할 수 있는 것은 무엇이 있을까요?

4. 위의 이야기들을 모아 어떤 주제로 드러내면 좋을까요?

5. 완성된 시를 써 봅시다.

16. 자연이 하는 말

쑥

부지런한 할머니 눈에
띄면 안 돼.

엉덩이가 싹둑 잘려
찹쌀가루에 버무려지거나

된장 물에 풍덩 빠져
쑥국이 될 거야.

할머니 지나가신다.
엎드려!

자연이 말을 할 수는 없지만, 말을 할 수 있다면 아마도 이런 말을 하지 않을까요?
봄 들판을 초록으로 물들이는 싱싱한 쑥들이 자기 친구들에게 말하네요. "저기 저
인자하고 따뜻해 보이는 할머니가 우리들의 엉덩이 싹둑 잘라갈 테니 조심하라고"

민들레 엄마의 당부

나는 좋은 집 한 채 못 마련했지만
너희들은 좋은 집에 살아라.

아파트 옥상

갈라진 시멘트 틈 사이

그 집에서도 너희들 잘 키워냈지만

너희들은 친구도 없고 외로웠지?

엄마 걱정 말고 멀리 가서 많이 배워라.

양지 바른 풀밭에 좋은 집 마련하고

친구도 많이 사귀고

재미나게 살아라.

태어날 때부터 삭막한 아파트 옥상에 뿌리내린 엄마 민들레가 아기 민들레에게 말하네요. "엄마처럼 살지 말고, 공부도 많이 하고, 친구도 사귀고 재미있게 살라고"
마치 우리 엄마처럼요.
자연이 하는 말을 그대로 옮겨 적기만 했을 뿐인데 이렇게 재미있는 시 한 편이 뚝딱 완성되네요.

1. 자연이 말하는 소리 들어본 적 있나요?

2. 자연이 말 할 수 있었다면 어떤 상황에서 어떤 말을 했을까요?

상 황	소 리

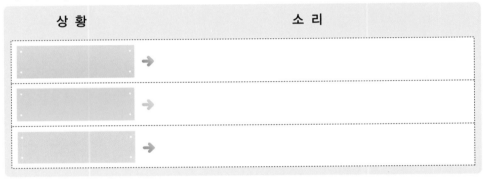

3. 친구들도 자신이 그런 적이 있다면 그때의 상황과 느낌을 적어보세요.

4. 위의 내용들을 모두 모아 어떤 주제로 드러내면 좋을까요?

5. 완성된 시를 적어보세요.

17. 자연의 소리

멍멍멍

오빠는 또 강아지보고
똥개란다.

신발에 오줌 쌌다고
책가방 물어뜯었다고

오빠에게만 그러는 것도 아닌데
강아지니까 그런 건데

그것도 못 참고
또
머리를 콕콕 쥐어박는다.

엉?
강아지도 오늘은 못 참겠단다.

나 멍들었다고
이 멍 어떡할 거야?

멍
멍멍
멍멍멍!

동물들은 사람과 같은 말은 못하지만 자기들만의 소리를 낼 수는 있어요. 새가 내는 소리는 '노래한다' 하고 개가 내는 소리는 '짖는다' 고 하지요. 그런데 동물이 내는 소리를 가만히 들어보면 사람의 말과 같은 소리로 들리기도 해요.

염소에게 물어봐요

내가 도대체 뭘 잘못했나요?
염소는 종이가 밥이라길래

내 시험지
맛있는 내 시험지
빨강색 동그라미 하나가 사과처럼 커다랗게 그려진 내 시험지
염소 밥으로 줬을 뿐인데요.

엄마께 보여드리고 밥을 주던지 해야 한다구요?
그럴 걸 뭐하러 염소에게 주나요?

몇 점인지 궁금하면 염소에게 물어보세요.

왜에~~
왜에~~

점수는 알아서 뭘 하시려구요?

왜에~~

왜에~~

친구들도 들어보았지요? 강아지가 "멍, 멍, 멍" 하는 소리를, 염소가 "왜에? 왜에?"
하는 소리를요. 그리고 또 어떤 소리 들어보았나요?

1. 친구들이 들어본 동물의 소리 중 사람의 말과 닮은 말을 적어보세요.

자 연	자연의 소리	사람의 소리

2. 왜 그런 소리를 내고 있을까요? 친구들이 상상해서 상황을 적어보세요.

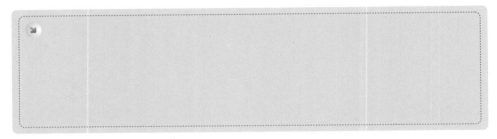

3. 친구들도 그런 경험이 있었나요?

4. 그 이야기들을 모아 어떤 주제로 드러내면 좋을까요?

5. 나만의 시를 완성해 봅시다.

3부 디카 동시쓰기

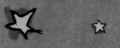

아주 오래전부터 우리 조상님들은 아름다운 자연을 예찬하거나, 임금님께 충심을 드러내고 나라 사랑의 마음을 표현하기 위해, 또는 노동의 힘겨움을 잊기 위해 등 마음속에 하고 싶은 말이 있을 때 문학으로 표현했어요. 글자가 없을 때는 입에서 입으로, 한글이 없을 때는 한자로, 고대 가요부터 향가, 가사, 시조, 현대시에 이르기까지 다양한 문학 장르들이 시대에 따라 생겨났다가 사라지기도 하고 새로운 형식으로 변하기도 했지요.

현대 사회로 오면서 과학 문명의 발달과 함께 독특한 현상이 생겨났어요. 바로 많은 현대인들의 손에 컴퓨터, 라디오, 텔레비전, 전화기, 카메라, 일기장, 시계 등이 들려있다는 것이죠. 어떻게 우리 작은 두 손에 이렇게 많은 기계들을 가지고 있을까요? 그것은 바로 이 모든 것을 모아놓은 하나의 기계 스마트폰이죠.

스마트 폰 세상 속에는 없는 것이 없지요. 그중에서도 언제 어디서나 찍고 싶은 사진을 마음대로 찍고 또 바로 삭제도 할 수 있다는 점은 조선 시대 선비들에게는 상상도 못 할 일이었지요. 이런 현상으로 인해 현대 사회에 와서 새롭게 생겨난 문학 장르가 있어요. 바로 '디카시' 입니다.

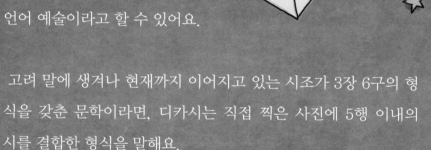

　디카시는 디지털카메라로 자연이나
사물에서 시적 형상을 찾아내어
찍은 영상과 함께 문자로 표현한 시입니다.
실시간으로 소통하는 디지털 시대에 새로운
문학 장르로 생겨났지요. 언어 예술이라는
기존 시의 범위를 넘어서 영상과 문자를
하나의 작품으로 결합한 멀티
언어 예술이라고 할 수 있어요.

　고려 말에 생겨나 현재까지 이어지고 있는 시조가 3장 6구의 형
식을 갖춘 문학이라면, 디카시는 직접 찍은 사진에 5행 이내의
시를 결합한 형식을 말해요.

　직접 찍은 사진에 어린이의 정서를 담아 시를 쓴다면
디카 동시라고 할 수 있겠지요.
그럼 3부에서는 디카 동시를
연습해보기로 해요.

자작나무 눈

나무도 눈이 있다.

아름다운 세상 보려고

아름다운 세상 보고 기억하려고

내 마음에도 눈이 있다.

 나무들은 다 비슷하게 생겼어요. 그런데 우연히 보게 된, 한 나무의 몸에 상처가 난 것이 사람의 눈과 정말 닮았네요. 나무도 눈을 갖게 되었으니 뭔가 보고 싶겠죠? 그런데 자연의 이야기를 사람의 이야기로 확대해보면 더 좋은 주제를 만들어 낼 수 있답니다. 그래서 이렇게 짧은 시를 써 보았어요.

매미 옷

7년을 입은 옷

시스루 옷 한 벌

아무도 몰래 벗어두고

어디로 갔을까?

 매미는 몸집이 커지면 허물을 벗는 곤충이에요. 그런데 매미 한 마리 허물을 벗어
둔 걸 보니 아마 새 옷으로 갈아입고 신나게 어디론가 놀러갔겠지요?
신나게 맴맴 또 노래도 부르고 있겠지요.
그런데 화자는 모르는 척 "어디로 가버렸나?" 하네요.
시를 잘 쓰려면 모르면서도 아는 척, 알면서도 모르는 척 해보는 것도 좋아요.

오륜기

봄나물 올림픽

보다 곱게

보다 푸르게

보다 향그럽게

봄나물을 캐러 갔어요. 의도하지는 않았지만 종류별로 놓다 보니 오륜기 모양이 되었네요. 내친김에 봄나물들의 올림픽을 열어보기로 했어요. 올림픽 정신 알죠? 보다 빨리, 보다 높이, 보다 힘차게. 봄나물 올림픽이니까 곱게, 푸르게, 향그럽게.
디카시는 이렇듯 단순하면서도 그 사진의 특이한 점을 잘 포착해내는 것이 중요해요.

늦가을에 온 손님

내 집에 든 손님

그냥 보내는 법 없다며

고봉밥을 푸시던

할머니처럼

새들이 떠난 빈집에 가을이 들어앉았네요. 자식들이 먼저 떠나고 할머니마저 떠나
자 마당 한가득 가을이 내려앉은 것처럼요.
다음 사진들을 보고 떠오르는 생각을 모아 디카 동시를 써 볼게요.
먼저 사진을 감상해보세요. 돌려서도 보고, 색안경을 끼고도 보고, 눈을 반쯤 감고도
보고, 다양한 방법으로 감상해보세요.

1. 사진을 보고 무엇을 떠올렸나요?

2. 떠올린 기억을 어떤 주제로 나타내면 좋을까요?

3. 5행 이내의 디카 동시를 적어보세요.

1. 사진을 보고 어떤 생각이 들었나요?

2. 나무에게 무슨 일이 있었을까요? 상상해서 이야기를 만들어 보세요.

3. 5행 이내의 디카 동시를 적어보세요.

1. 어떤 상황인가요?

2. 어쩌다가 저런 상황이 되었을지 상상해서 이야기를 만들어 보세요.

3. 5행 이내의 디카 동시를 적어보세요.

1. 사진이 무엇과 닮았나요?

2. 사진에 어울리는 이야기를 상상해서 적어 보세요.

3. 5행 이내의 디카 동시를 적어보세요.

직접 찍은 사진을 이곳에 붙여주세요

1. 언제 어디에서 이 사진을 찍었나요?

2. 이 사진을 보고 어떤 생각을 했나요?

3. 사진과 잘 어울리는 5행 이내의 시를 적어보세요.

직접 찍은 사진을 이곳에 붙여주세요

1. 언제 어디에서 이 사진을 찍었나요?

2. 이 사진을 보고 어떤 생각을 했나요?

3. 사진과 잘 어울리는 5행 이내의 시를 적어보세요.

직접 찍은 사진을 이곳에 붙여주세요

1. 언제 어디에서 이 사진을 찍었나요?

2. 이 사진을 보고 어떤 생각을 했나요?

3. 사진과 잘 어울리는 5행 이내의 시를 적어보세요.

직접 찍은 사진을 이곳에 붙여주세요

1. 언제 어디에서 이 사진을 찍었나요?

2. 이 사진을 보고 어떤 생각을 했나요?

3. 사진과 잘 어울리는 5행 이내의 시를 적어보세요.

꼬리말

축하합니다. 친구들!

어느새 나만의 시집 한 권이 완성되었네요.

친구들도 이제 자신의 시집을 가진 어엿한 시인입니다.

시인이 된 친구들은 이제 어떻게 해야 할까요?

시인이 되었으니 더욱 부지런히 시를 써야겠지요?

날마다 일기를 쓰듯, 날마다 세수를 하듯. 날마다 숨을 쉬듯

그렇게 날마다 시를 써 보세요.

짧아도 좋고, 단순해도 좋고, 어색해도 좋아요.

하루에 한 줄이라도 시를 쓰는 습관을 기르다보면

어느 날, 생각도 못한 때에 친구들은 또 한층 성장해 있을거에요.

언젠가는 친구들의 시집을 서점에서 만나게 될지도 모르겠네요.

그날이 온다면 선생님은

심장이 방실방실 웃고,

얼굴엔 온통 고장, 고장, 고장이 나고

시를 읽은 사람들이 따뜻해지라고 따뜻해지라고

봄날의 꽃주정을 실컷 부려보겠어요.

시시한

시 쓰기

계속 이어가요.

2023, 한가을

동심으로 동시쓰기

———

2023년 11월 03일 초판1쇄 발행
지은이 백민주 **사진** 홍은주 **펴낸이** 김성민 **편집디자인** 김경자

펴낸곳 도서출판 브로콜리숲 **출판등록** 제2020-000004호
주소 41743 대구광역시 서구 북비산로 65길 36, 2층 **전화** 010-2505-6996 **팩스** 053-581-6997
홈페이지 www.broccoliwood.com **인스타그램** broccoliwood_ **전자우편** gwangin@hanmail.net

*이 책에 실린 모든 시는 백민주(본명 백미숙) 선생님의 시입니다.
*이 책에 실린 모든 사진은 홍은주 교감 선생님이 직접 찍은 사진입니다.
*이 책은 경상북도교육청 '책 쓰는 선생님' 지원사업의 도움을 받아 만들었습니다.